ګولدیلاک او دری ایږی

Goldilocks and the Three Bears

retold by Kate Clynes
illustrated by Louise Daykin

Goldilocks was having fun, collecting flowers for her mum.
She was heading **deeper** and **deeper** into the woods.

Stop Goldilocks, go back home,
Woods aren't safe when you're all alone.

ګولدیلاک دخپلی مور لپاره ګلان راټولول.
هغه په ځنګل کی مخکی او مخکی تللله.

ودریږه ګولدیلاک ،ا و بیرته کور ته ولاړه شه.
ځنګل امن ځای نه دی کله چی یوازی اوسی.

هغی یو ښکلی او کلی والی کور او باغچه وموندله.
" ګولدیلاک وویل" زه غواړم دا ګلان راټول کړم.
"زه به وګورم که څوک کور کی وی."

She found a cottage with a beautiful garden.
"I want to pick those flowers," said Goldilocks. "I'll see if anyone's home."

ګولډيلاک ودرېږه ، يو ځل بيا دروازه وټکه ووه
کيدی شي کوم خاورين شی د دروازی تر شاه وی.

Stop Goldilocks, knock once more,
There may be something grizzly behind the door.

"سلام (هلو)!" هغې غږ وکړ.
"آیا څوک په کور کې شته؟"
ولې چا ځواب ورنکړ.

"Hello!" she called,
"is anybody home?"
But there was no reply.

د میز پر مخ دری کاسه وی. یوه لوی کاسه، یوه متوسطه کاسه او یوه کوچنی کاسه.
"همممم، فیرنی،" ګولدیلاک وویل، "زه وږیی یم!"

On the table were three steaming bowls. One big bowl, one medium sized bowl and one small bowl. "Mmmm, porridge," said Goldilocks, "I'm starving."

صبر وکړه ګولدیلاک عجله مه کووه
شیان کیدی شی ډیر بدتر شی.

Stop Goldilocks don't be hasty,
Things could turn out very nasty.

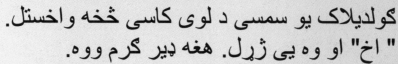

گولدیلاک یو سمسی د لوی کاسی څخه واخستل.
" اخ" او وه یی ژړل. هغه ډیر ګرم ووه.

Goldilocks took a spoonful from the big bowl.
"Ouch!" she cried. It was far too hot.

بوروسته یی" له متوسطه کاسه څخه وڅکل.
" یکک" دا ډیر یخ دی.

Then she tried the middle bowl.
"Yuk!" It was far too cold.

وړه کاسه صرف مناسبه ووه ا و
گولدیلاک ټول ووخوړل.

The small bowl however was just right
and Goldilocks ate the lot!

پَه مړه ګېده، او سرګردانه بلی کوتی ته ولاړه.

With a nice full tummy, she wandered
into the next room.

صبر ګولدیلاک، ته یوازی
ګرزیدی نشی
اود بل چا پَه کور کی
جاسوسی کولی نشی.

Hang on Goldilocks,
you can't just roam,
And snoop around
someone else's home.

د اور د ګرمو لمبو تر څنګ درې څوکۍ وی.
یوه لویه څوکۍ ، یوه متوسطه څوکۍ،
او یو کوچنی څوکۍ.

In front of the warm, glowing
fire were three chairs.
One big chair, one medium
sized chair and one small chair.

لمړی گولدیلاک لوی څوکی ته پورته شو، خو هغه ډیره سخته ووه.
او بیا په متوسط څوکی ته پورته شو خو هغه ډیره نرمه ووه.
کوچنی څوکی، صرف، مناسب ووه.
گولدیلاک تکیه وکړه، گله چی ...

First Goldilocks climbed onto the big chair, but it was just too hard.
Then she climbed onto the medium sized chair,
 but it was just too soft.
The little chair, however, felt just right.
Goldilocks was leaning back, when...

ترق! پایه یی ماته شوو او پر مځکه وغورزیده.
"اوچ" هغی وژړل. "احمقی څوکی!"

او نه گولدیلاک! تا څه وکړل؟
ژر پورته شه، پورته شه او ځغله!

SNAP! The legs broke
and she fell onto the floor.
"Ouch," she cried.
"Stupid chair!"

Oh no Goldilocks, what have you done?
Get up quick, get up and run.

ګولدیلاک ستړی شوی ووه نو
هغه پورتنی پلور ته ولاړه.
د خوب په کوټه کی دری د خوب
کټونه ووه.
یو لوی کټ، یو متوسط ا و یو
کوچنی.

Goldilocks felt tired so she made her way upstairs. In the bedroom were three beds. One big bed, one medium sized bed and one small bed.

هغه لوی کټ ته ولاړه خو هغه دیر نا اوار ووه.
بیا یې منځنی کټ وازمایی، خو هغه ډیر فنري ووه.
کوچنی کټ صرف مناسب ووه او هغه ډیره ژر وویده شوه.

She climbed up onto the big bed but it was too lumpy. Then she tried the medium sized bed, which was too springy. The small bed however, felt just right and soon she was fast asleep.

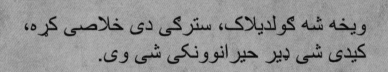

ویخه شه ګولدیلاک، سترګې دې خلاصې کړه،
کیدی شي ډیر حیرانوونکی شي وي.

Wake up Goldilocks, open your eyes,
You could be in for a BIG surprise!

په همدی وخت کی دری ایږی کور
ته راغلی.
وروسته له دی چی ځان یی پر
توکری ور تیت کړ، د پلار ایږ میز
ته پام شو.

Just then the three bears came home.
After tripping over a basket,
Father Bear noticed the table.

او په لوړاو غور اواز یی وویل "چا زما فیرنی خوړلی ده."
مور ایز په ملایم آواز سره وویل "چا زما فیرنی خوړلی ده."

"Someone's been eating my porridge,"
he said in a loud gruff voice.
"Someone's been eating my porridge,"
echoed Mother Bear in a medium voice.

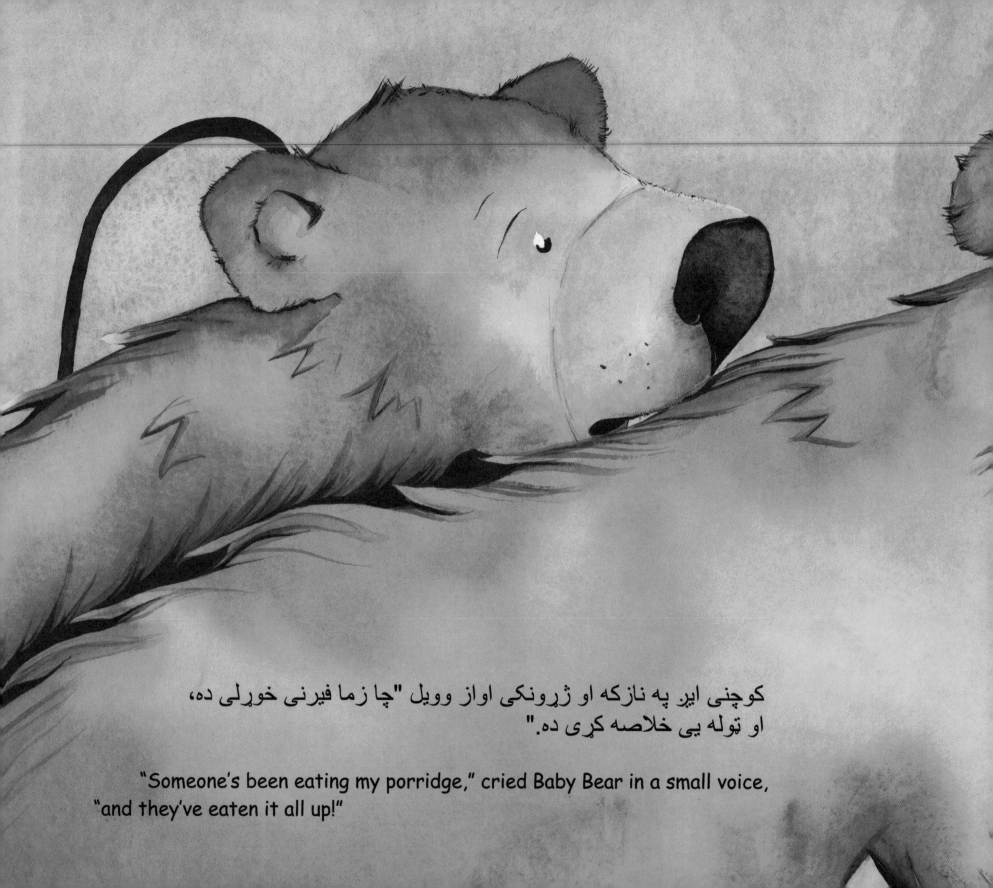

کوچنی ایږ په نازکه او ژړونکی اواز وویل "چا زما فیرنی خوړلی ده،
او توله یی خلاصه کړی ده."

"Someone's been eating my porridge," cried Baby Bear in a small voice,
"and they've eaten it all up!"

دری وږی ایږی، لږه څه په اندیښنه شول
خو یو د ګلانو ټولونکی هیولا به دومره هیرونکی نه وی.

Three very hungry bears, feeling slightly wary,
But a flower-collecting monster
doesn't sound too scary.

هغوی لاس به لاس ورکړ او د ناستی کوټی ته په خاپوړو ولاړل.
پلار ایږ په لوړ او غور اواز یی وویل "څوک زما په څوکی کی ناست دی."
مور ایږی په ملایم آواز سره وویل "څوک زما په څوکی کی ناست دی."

Holding hands, they crept into the living room.
"Someone's been sitting in my chair,"
said Father Bear in a loud gruff voice.
"Someone's been sitting in my chair,"
echoed Mother Bear in a medium voice.

کوچنی ایږ په نازکه او ژړونکی اواز وویل "څوک زما په څوکی کی ناست دی،
او ووه ګوره هغه یی ماته کړیی هم ده."
اوپه ژړا شو.

"Someone's been sitting in my chair," cried Baby Bear
in a small voice, "and look, they've broken it!"
He burst into tears.

اوس هغوی ډیر په اندیښنه ووه.
ارامه د پښو پر نوکو هغوپورته پلور
ته ولاړه.

Now they were very worried.
Quietly they tiptoed up the
stairs into the bedroom.

دری کریځی ایږی، مطمین نه
ووه چی څّه به پیدا کوی
یو څوکی ماتونکی بخیله هیولا.

Three grizzly bears, unsure of
what they'll find,
Some chair-breaking monster of
the meanest kind.

پلار اېږ په لوړ او غور غږ وویل "څوک زما په بسترکی ویده شوی دی."

"Someone's been sleeping in my bed," said Father Bear in a loud gruff voice.

مور ایږیی په ملایم غږ سره وویل "څوک زما په بسترکی ویده شوی دی."

"Someone's been sleeping in my bed," echoed Mother Bear in a medium voice.

کوچنی ایږ له لری په ډیر نازکه غږ سره
وویل، "څوک زما په بستره کی ویده ده،
او وګوره!"

"Someone's been sleeping in my bed,"
wailed Baby Bear in a far from small voice,
"and look!"

دی شور ماشور گولدیلاک را
ویښه کړه او چیغ یې ووهله.

The noise woke
Goldilocks up and
she screamed.

پہ داسی حال کی چی ایری د
حیرانتیا څخه را بہر کیدی ...

While the bears
were recovering
from their shock...

ګولډيلاک له کټ څخه را بهر شو او له پاتخو څخه يې لاندې منډه کړه،
خپله خالي توکرۍ يې واخستله او وتښتيله.

Goldilocks leapt out of bed, ran down the stairs,
grabbed her empty basket and fled.

بنه، ګولډيلاکس، دا ستا لپاره يو بنه
درس ووه.
دې ايږو ته ډيره بد ويرولې
خو يو راز به در سره شريک کړم
ايږ ی هم لکه زما څخه ويرېدلې

Well Goldilocks, it serves you right,
Those bears gave you a terrible fright.
But here's a secret that must be shared,
The three poor bears were just as scared!